Escrito por Liliane Mesquita
Ilustrado por Carina S. Santos

A culpa não é sua!

Saíra
EDITORIAL

Copyright do texto © 2023 Liliane Mesquita
Copyright das ilustrações © 2023 Carina S. Santos

Direção e curadoria	Fábia Alvim
Gestão editorial	Felipe Augusto Neves Silva
Diagramação	Isabella Silva Teixeira
Revisão	Márcia Noxia

Catalogação na publicação
Elaborada por Bibliotecária Janaina Ramos – CRB-8/9166

L864c

Mesquita, Liliane

A culpa não é sua! / Liliane Mesquita; Carina S. Santos (Ilustração). – São Paulo: Saíra Editorial, 2023.

40 p., il.; 23 x 23 cm

ISBN 978-65-81295-20-2

1. Literatura infantil. I. Mesquita, Liliane. II. Santos, Carina S. (Ilustração). III. Título.

CDD 028.5

Índice para catálogo sistemático

I. Literatura infantil

Todos os direitos reservados à Saíra Editorial

@sairaeditorial   /sairaeditorial
www.sairaeditorial.com.br
Rua Doutor Samuel Porto, 411
Vila da Saúde – 04054-010 – São Paulo, SP

A todos os leitores que, em algum momento, carregaram uma culpa como sua.

Naquele dia, fazia um baita sol.

Nos dias bonitos, Lara gostava de passear pela rua de casa, na calçada cheia de vizinhos, amigos, cachorros, flores, passarinhos e borboletas. Todos conhecidos dela.

Segurou o vasinho de violetas e, com ele nas mãos, saiu. Cumprimentou o passarinho, cheirou a flor, disse "oi" à vizinha e mandou um "alô" ao sol.

Na mesma calçada, veio na direção dela aquele moço, amigo da família toda. Ele era muito legal! Mas Lara não queria dizer "oi" e mudou de calçada. Ele, sorrindo, mudou também. Disse que queria ver o vasinho de violetas de Lara. E que aquilo seria um segredo deles.

Lara sabia que não precisava concordar em ter segredos com as pessoas. Mas ele era adulto. Era enorme e fazia uma imensa sombra no chão quando o dia era ensolarado. Então Lara entregou o vaso. Ele olhou a violeta de perto, segurou-a nas mãos, lentamente. Aquilo pareceu durar horas. Mas Lara não ficou feliz em nem um pedacinho dela com isso.

"Por que eu inventei de trazer o vasinho de violetas, que sempre fica enfeitando o parapeito? Por que não deixei no mesmo lugarzinho de sempre?", perguntou a ela mesma.

Na semana seguinte, levou outra vez o vasinho para o passeio. E, de novo, o moço, a sombra, o tempo congelado e a dor. Ela estava se sentindo muito sozinha por não contar a ninguém. Não sabia bem como agir.

Lara manteve o segredo.
O moço fazia uma sombra enorme no chão.

Foram muitos dias seguidos sem sol. Lara nunca mais levou com ela a plantinha.

Lara sentia medo de passear na calçada sozinha. Só ia acompanhada da mãe. Nunca contou que um dia tinha levado o vasinho. Afinal... e se a mãe ficasse chateada?

15

Lara cresceu.

Saiu de casa.

Estudou muito longe.

Voltou para casa.

Um dia, inquieta demais que estava com aquela sombra que carregava consigo todos e todos os dias, ela decidiu. Contou à mãe que, naquele dia, tinha levado com ela as violetas. E que o moço tinha pedido para ver o vasinho e ela não teve coragem de dizer não. A mãe tentou acalmá-la. E dizer que estava tudo bem. Lara, então, pensou se não estava mesmo tudo bem.

E, assim, seguiu crescendo.

Trabalhou com o que amava.

Conheceu muitas pessoas e cidades.

Saiu de casa.

Voltou para casa.

Noutro dia, ainda mais inquieta, Lara disse a ela mesma: "a culpa não é minha!". E contou a todas as pessoas o que tinha acontecido naquele dia, naquela calçada, sob aquele sol com a sombra muito grande e assustadora diante dela.

Foi tão bom ser dona da sua história triste!

PA NÃO É MINHA!

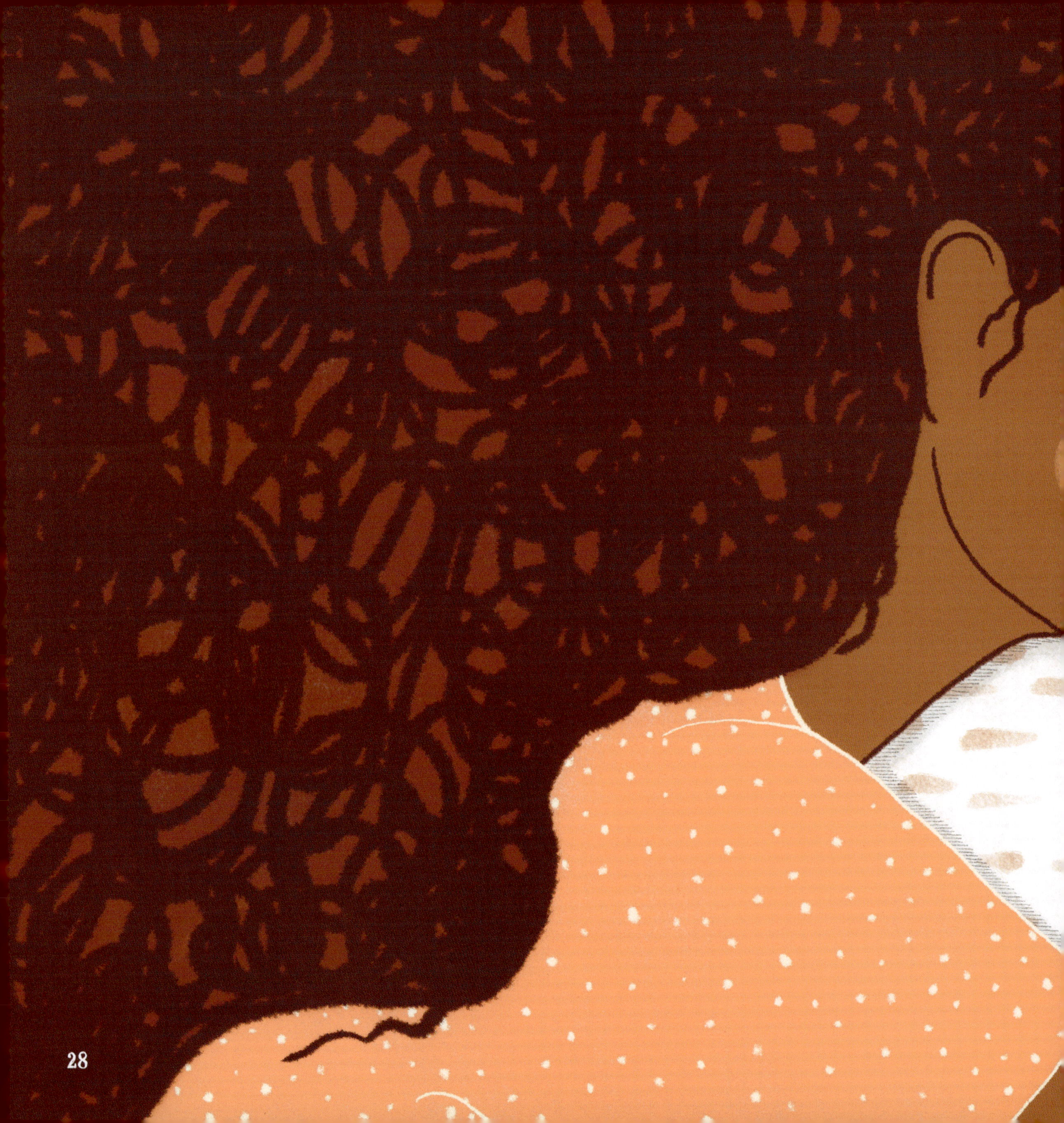

Ela disse à mãe.

E ao grande amigo.

E à grande amiga.

Aos primos e aos vizinhos.

Lara disse de novo à mãe. Desta vez, não para ser entendida, mas para se fazer entender.

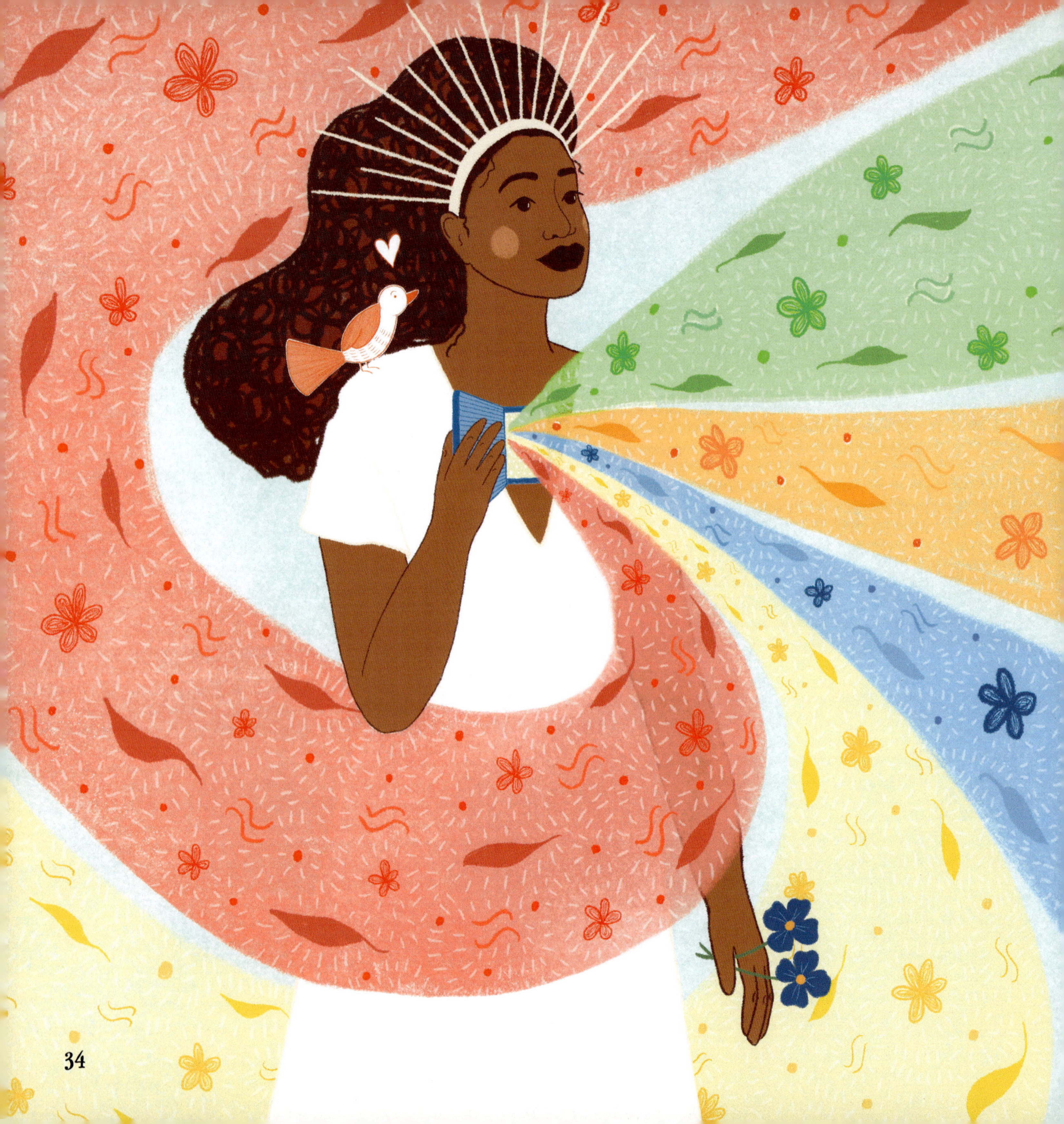

Agora ela podia esquecer o medo, a sombra, o segredo ruim e, principalmente, a culpa. Que, afinal, não era dela.

Sobre a autora

Liliane Mesquita é natural do Rio de Janeiro, nasceu em dezembro de 1981 e reside na cidade de Duque de Caxias. Formou-se em Pedagogia e Psicopedagogia Institucional. Foi docente no SENAC Baixada Fluminense e em outras instituições privadas. Atualmente, é servidora na Prefeitura Municipal de Duque de Caxias. Iniciou oficialmente sua carreira como escritora em 2021. É autora dos livros infantis *O Desaparecimento do Senhor Abraço*, *Onde é o lugar de Dandara?*, *Qual é a sua forma?* e *Poesia no futebol*.
É contadora de histórias e poeta. Alguns de seus textos compõem livros de antologias poéticas. Junto com seu filho, Pedro Mesquita, tem um canal no YouTube.

Instagram: @li.historias
Site: www.lilianemesquita.com
YouTube: Li Histórias
Facebook: Li Histórias

Sobre a ilustradora

Ilustradora e artista visual, Carina S. Santos é graduada em Moda pela Universidade do Estado de Santa Catarina (UDESC) e atualmente estuda Artes Visuais na mesma instituição. Por meio do desenho, da pintura e da narrativa visual, Carina explora seu universo mais íntimo em busca de sentimentos sem nome e frases nunca ditas, com o intuito de transmitir histórias sensíveis e acolhedoras. Natural de Rio Pardo (RS), reside e trabalha em Florianópolis desde 2008.

Esta obra foi composta em Corbel e P22 Stanyan
e impressa em offset sobre papel couché fosco
150 g/m² para a Saíra Editorial em 2024